蔬菜六勇士

文·圖／鶴田陽子
譯／蘇懿禎

這裡是京都城。
城裡的蔬菜們
過著和平安樂的日子。

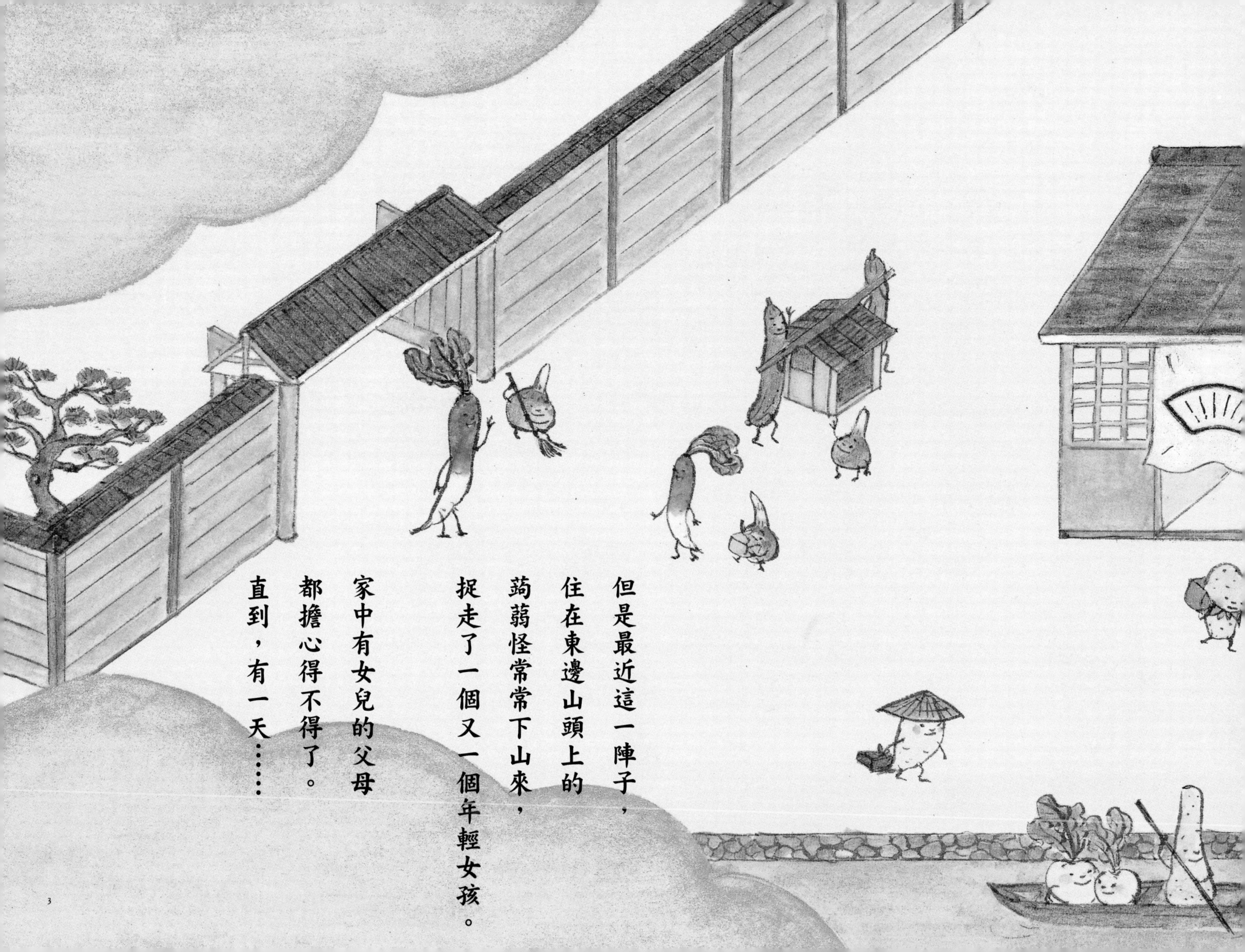

但是最近這一陣子，
住在東邊山頭上的
蒟蒻怪常常下山來，
捉走了一個又一個年輕女孩。

家中有女兒的父母
都擔心得不得了。
直到，有一天……

連住在宮殿裡的日野菜公主
也被蒟蒻怪捉走了。
慈菇隨從們拚命的想保護公主，
但還是失敗。

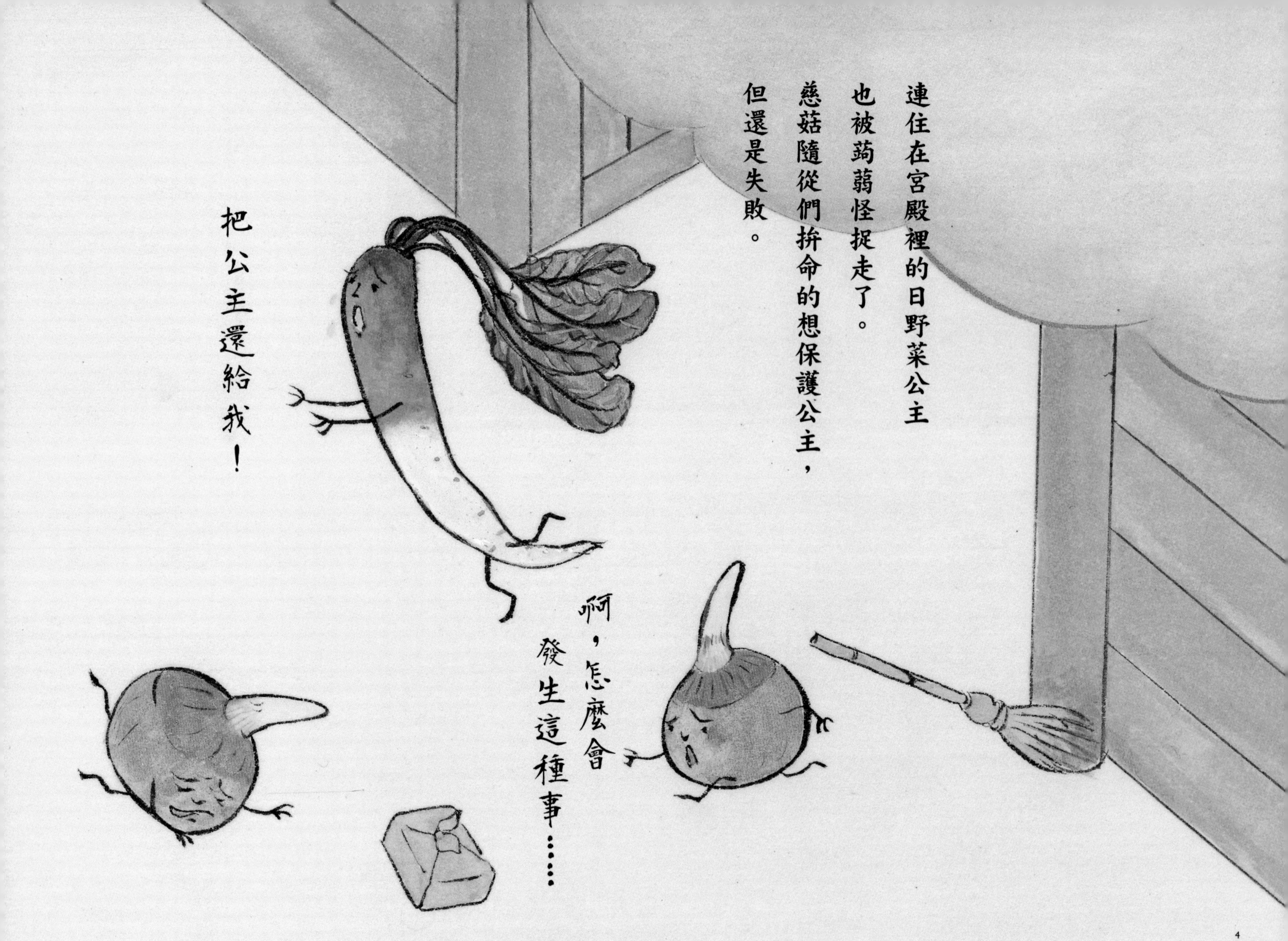

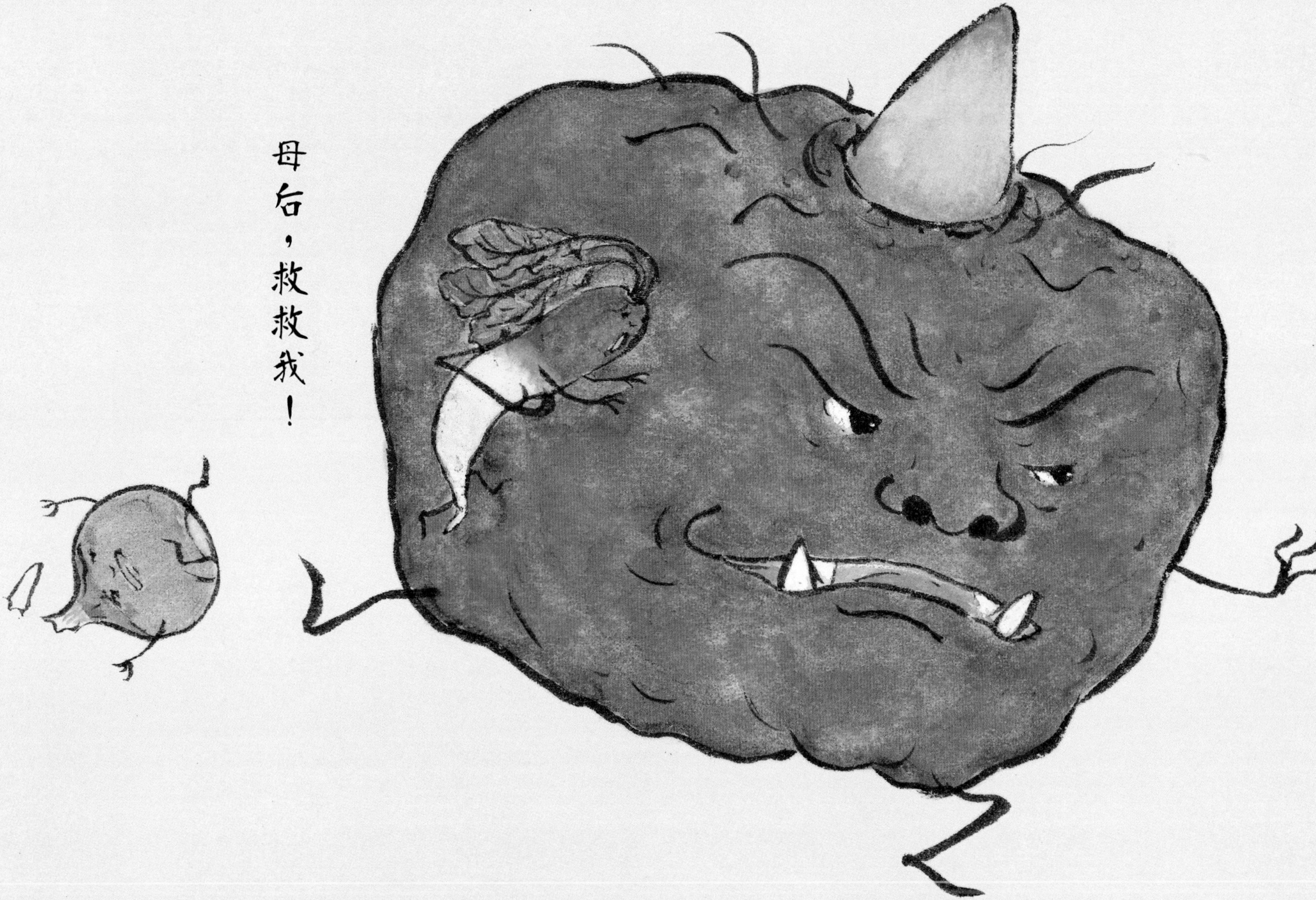

母后，救救我！

公主的父親聖護院蕪菁
非常悲傷，他命令部下：
「立刻把都城內有智慧
又有膽量的勇士帶來見我。」

於是，有六位勇士來到宮殿，他們分別是：
身穿硬邦邦外殼的竹筍，
聞起來香噴噴的松茸，
肚子圓滾滾的賀茂茄子，
頭頂蓬鬆鬆的水菜，
紅通通的金時胡蘿蔔，
還有跟樹一樣粗壯的堀川牛蒡。

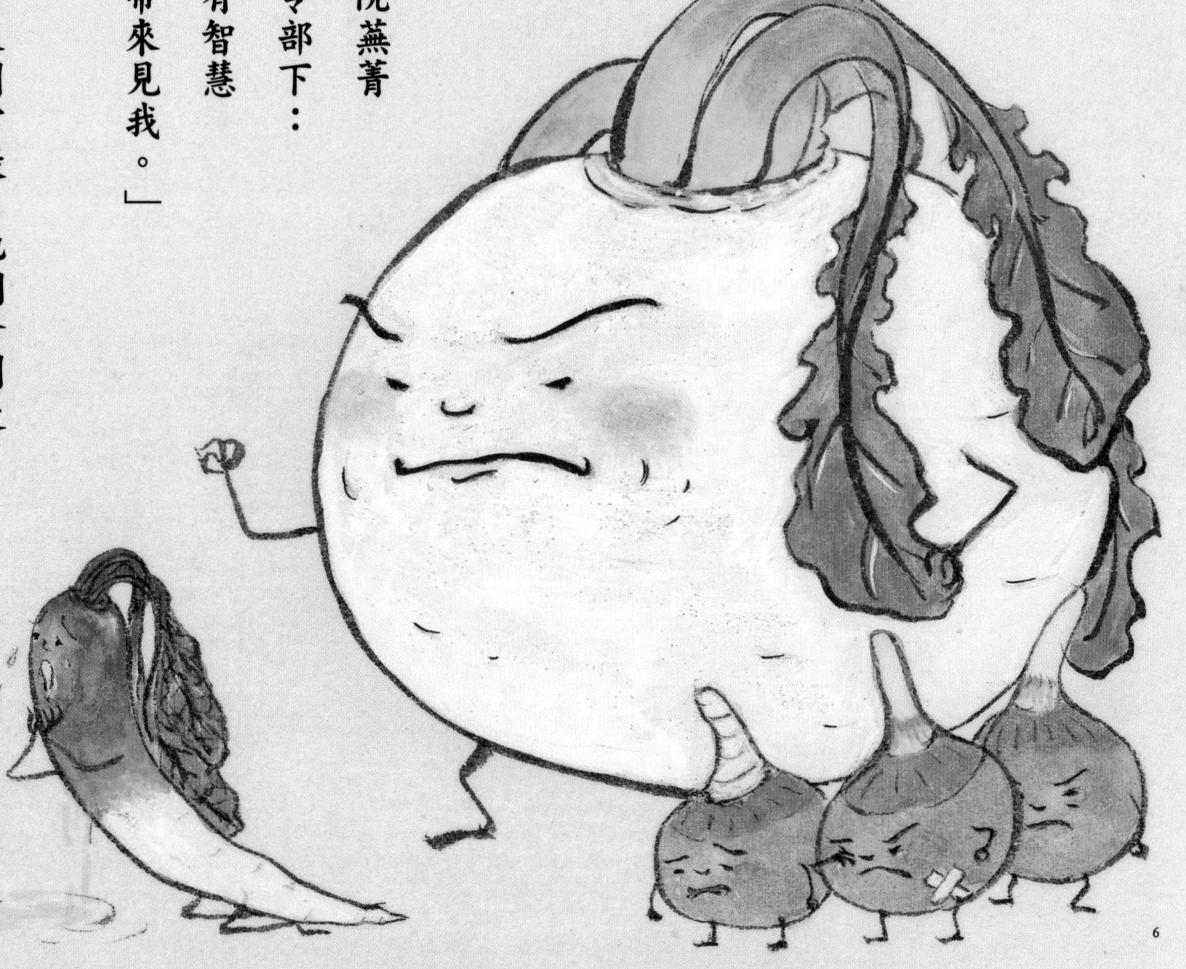

母親日野菜流著淚請求他們：

「拜託你們，

一定要將公主救回來。」

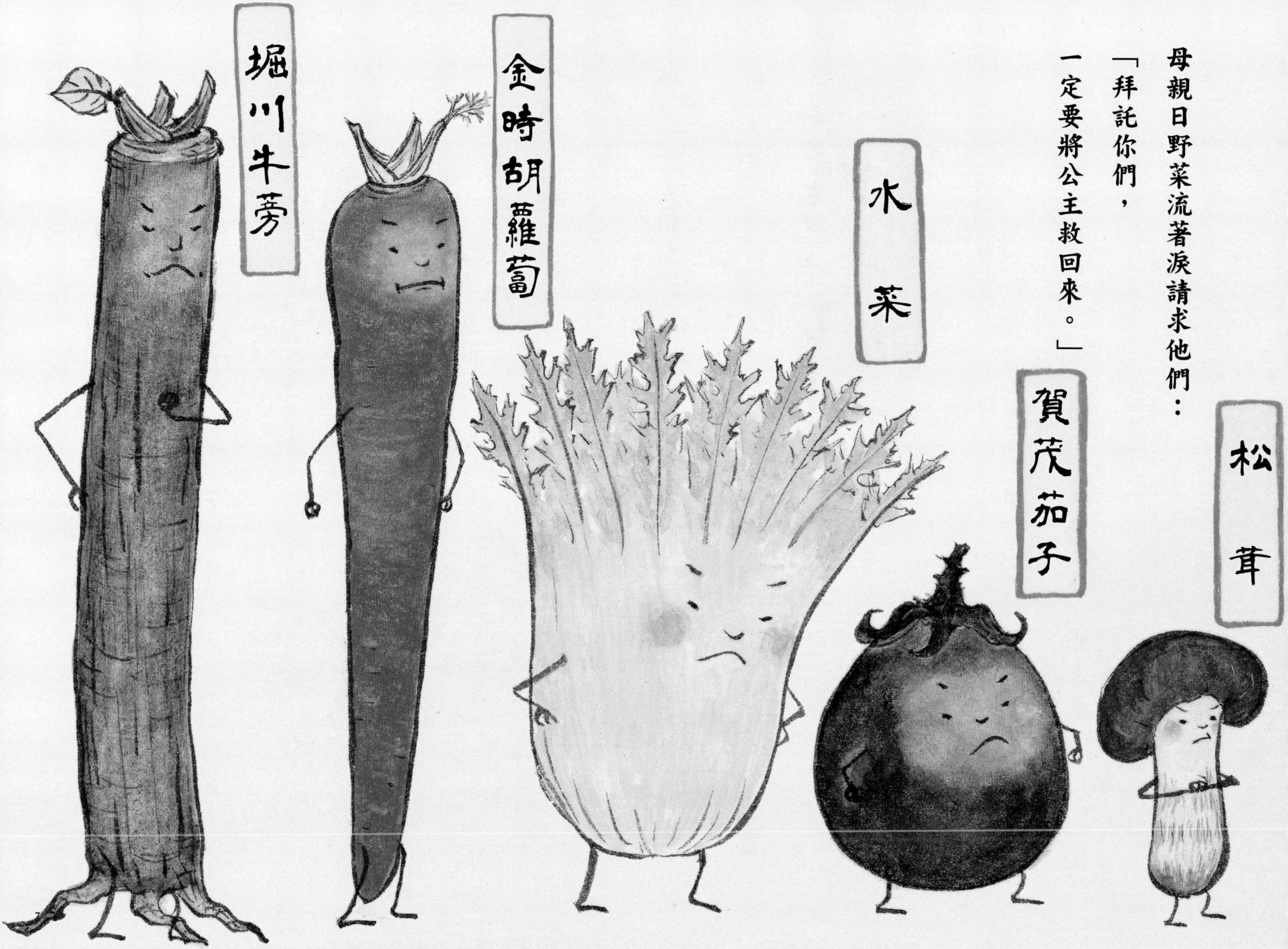

「我們一定會將公主和其他女孩救回來的。」他們拍著胸脯保證。

說完，便朝著蒟蒻怪所在的東山出發了。

翻山越嶺，爬坡渡河。

不畏風雨，
同心協力往前行。

在山路途中，他們遇見一座壞掉的橋。
鹿谷南瓜爺爺過不了這個山谷，正在發愁。
「真糟糕，這可怎麼辦才好哦……」

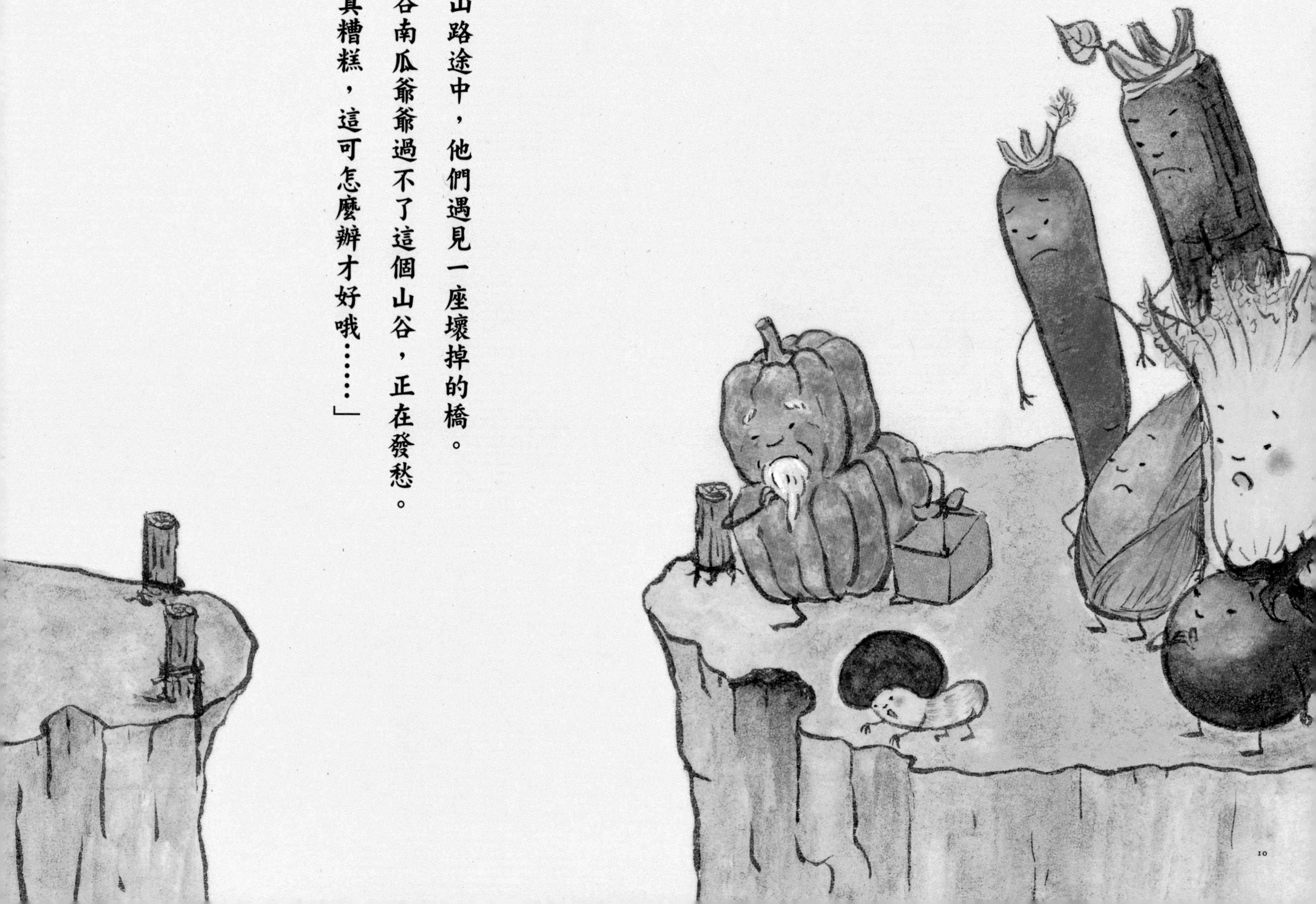

堀川牛蒡見狀，便伸長手腳，
讓自己變成一座橋。
「來，請踩在我的背上過去吧。」
「真是太感謝你了。」
接著，六位勇士
還護送南瓜爺爺回家。

「親切的小伙子們，
你們要到哪兒去呀？」
「我們要去妖怪的宅邸，
拯救那些被捉走的女孩。」
「你們居然要去打妖怪啊……
這樣吧，你們把這壺酒帶去。」
南瓜爺爺說著，
就把一壺裝在葫蘆裡的酒交給他們。

「這壺酒啊，
好人喝了會變成大力士，
而壞人喝了，就會失去力氣，
是很神奇的酒喔。
聽說這個妖怪非常喜歡喝酒，
我想這一定派得上用場。」

他們向老爺爺道謝，
便繼續朝著妖怪宅邸前進。

終於來到妖怪宅邸，只見大門前站著可怕的守衛——是一顆長著八個頭的八頭芋。

「看起來是個不好對付的傢伙哪，該怎麼辦呢？」

正當大家思考著對策時，賀茂茄子說：

「有了！包在我身上！」

說完，就拍著他圓滾滾的肚子走向八頭芋。

「你來幹什麼！」
「我聽說這裡有日本第一的守衛，
請問你們裡面最強的是哪一位呢？」
聽到賀茂茄子這麼問，八個頭你看我，
我看你，馬上開始爭吵起來：
「我！」「是我！」「是本大爺！」
趁他們吵得不可開交，
其他五個勇士翻過了牆，
成功進入妖怪宅邸。

勇士們往宅邸內部前進。

這次門前是牛蒡和胡蘿蔔負責看守。

堀川牛蒡和金時胡蘿蔔從牆邊探出頭偷看。

守衛發現了他們，一邊舉起手中的矛刺過去，一邊大喊：

「你們是誰！還不快給我過來！」

但是堀川牛蒡實在太粗壯了，簡直前所未見；
而金時胡蘿蔔的身軀也非常巨大，彷彿紅鬼一樣。
當他們一現身，兩個守衛嚇得跌了個四腳朝天。

剩下的三個勇士趁機溜進宅邸深處。

負責看守庭院入口的是毒菇。於是這次輪到松茸了，他假扮成女孩的模樣走上前去。

「不好意思，人家是都城來的舞伎，因為想讓哥哥們看我跳舞，特地千里迢迢來到這裡。」

「都城……哼，真是可疑的傢伙啊。既然如此，你在這跳給我們看吧。」

松茸一跳起舞，
身上就散發出
迷人的香氣。
毒菇一下子就被
熏得心曠神怡，
不知不覺的睡著了。
剩下的兩個勇士
趁機溜進了宅邸的庭院。

從都城捉來的女孩們，都被綁在蒟蒻怪房間的柱子上。
於是水菜偽裝成庭院裡的草叢，悄悄的接近她們。
只剩竹筍獨自跳到蒟蒻怪的面前。
「喂！來者何人？所為何事？」
妖怪挪動他如岩石般龐大的身體，瞪著竹筍問道。
「我想成為您的手下，因此從都城來到此地。
我還帶來珍貴的酒當見面禮。」
「呵呵，珍貴的酒！」
妖怪忍不住吞了一下口水。

瞪！

「喂，你這傢伙，莫非在酒裡下了毒？」

「絕對不可能。而且這酒喝了反而會長生不老，無病無痛。」

「哼，既然如此，你先喝給我看看。」

竹筍心中大叫不妙，但還是提起勇氣喝了一口。

「咕嚕——」

這時，他感覺身體深處有股力量，源源不絕的湧了上來，直衝頭頂。

「咕嚕——」又喝一口。

「咕嚕——」再來一口。

隨著竹筍喝下的酒越來越多，他的身體也變得越來越大。

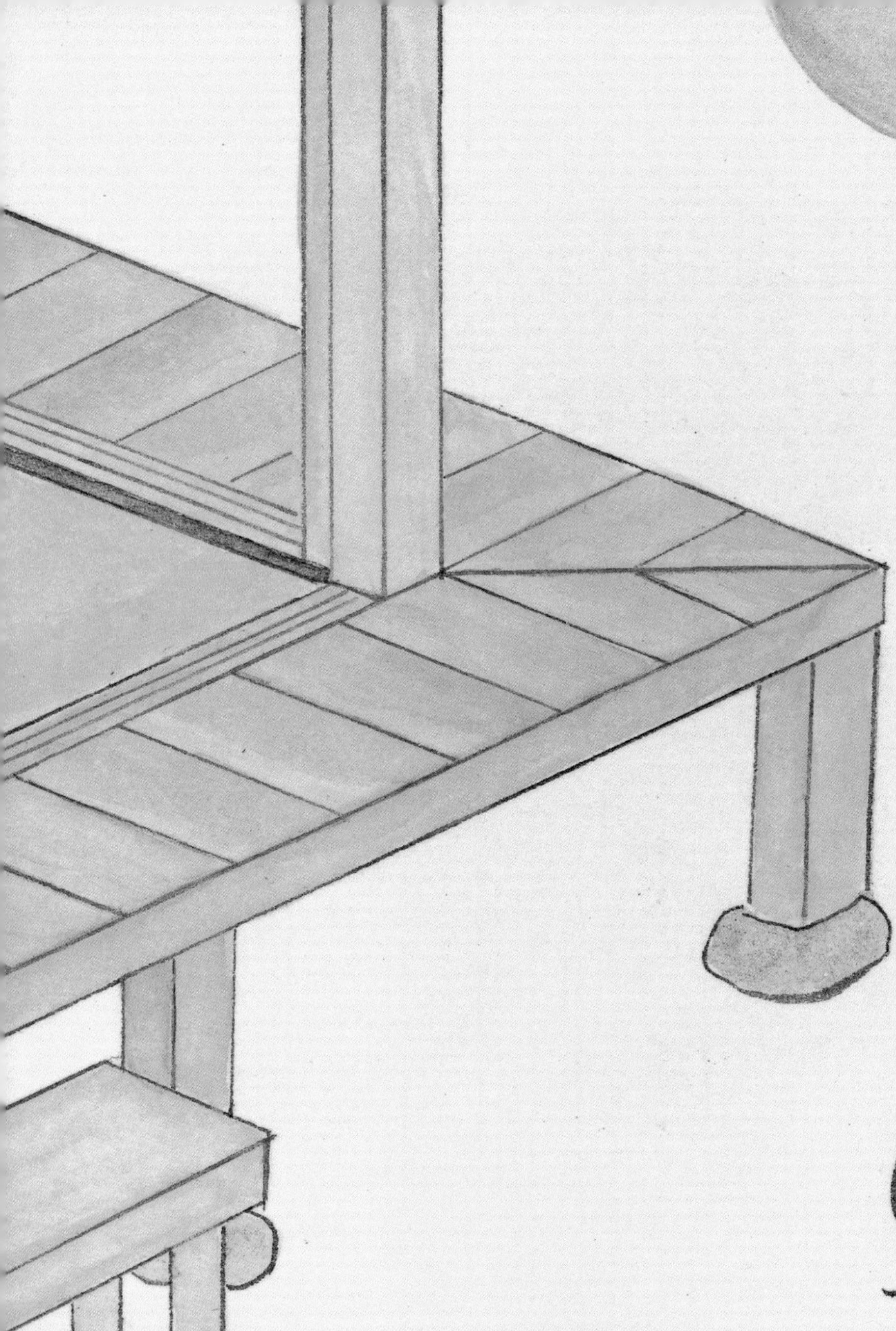

怎麼可能！

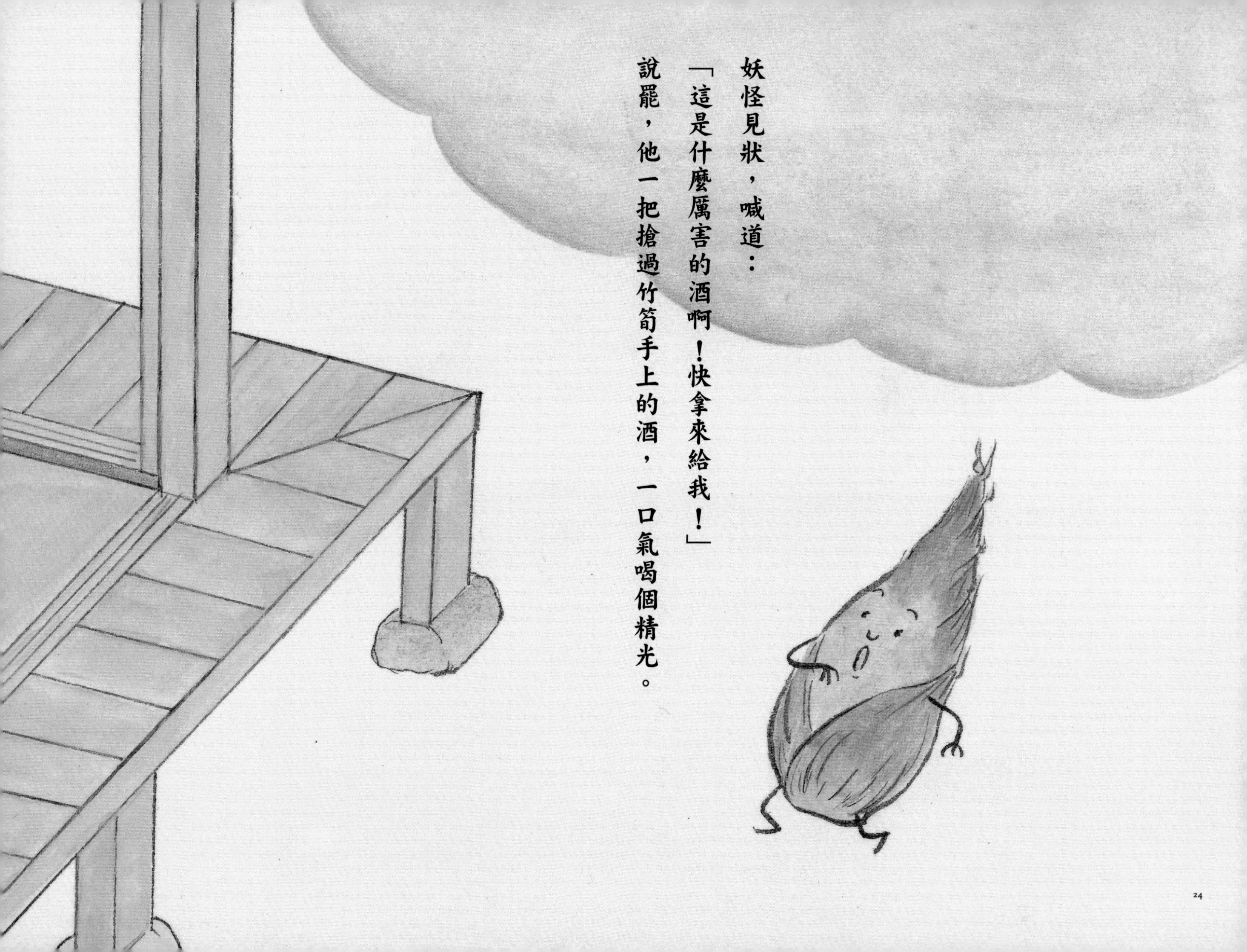

妖怪見狀，喊道：
「這是什麼厲害的酒啊！快拿來給我！」
說罷，他一把搶過竹筍手上的酒，一口氣喝個精光。

咕嘟
咕嘟

「唔唔唔，怎麼怪怪的……」

「身體變得軟趴趴了！」

「你這傢伙，居然敢騙本大爺！」

蒟蒻怪露出尖牙，撲向竹筍。

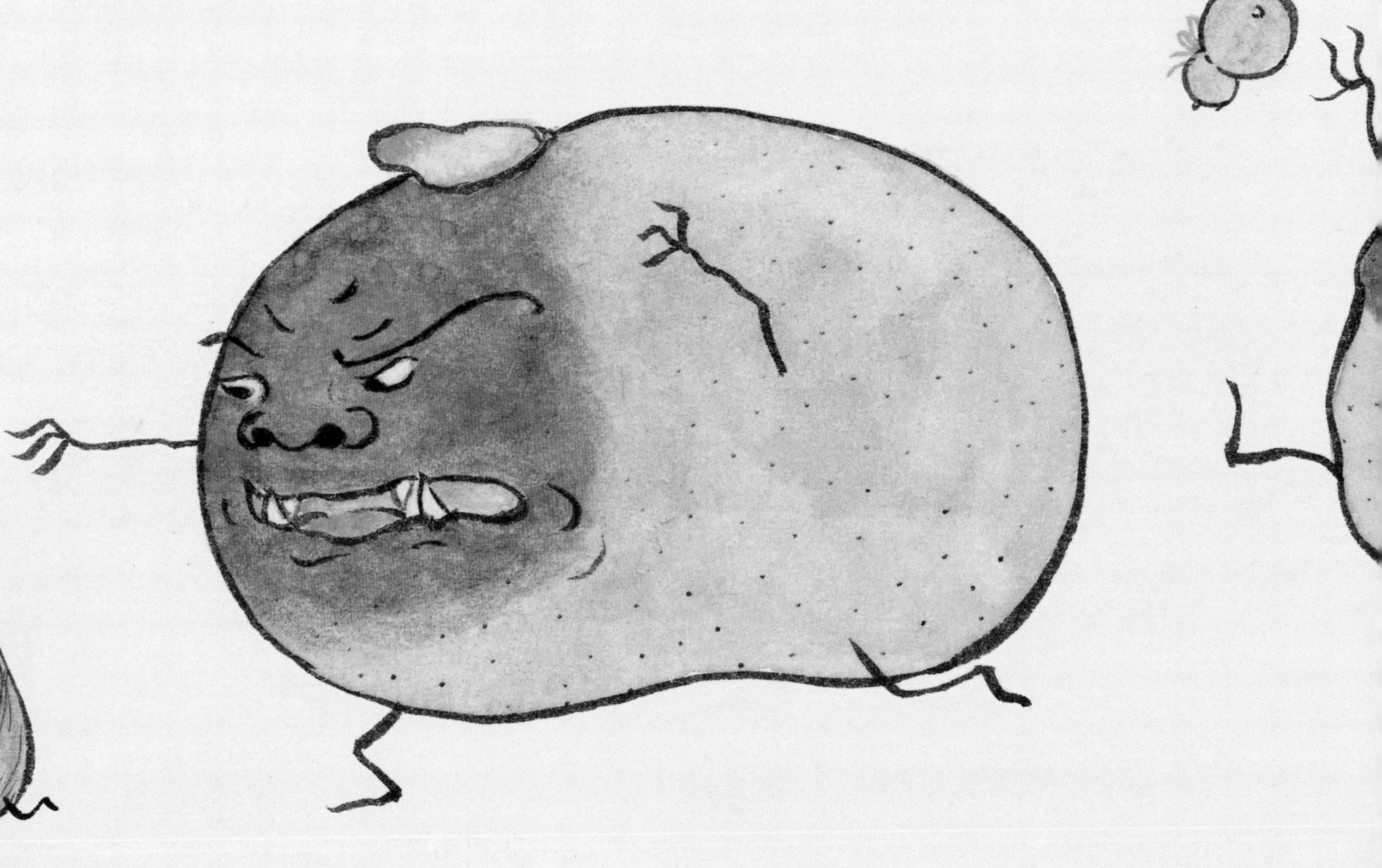

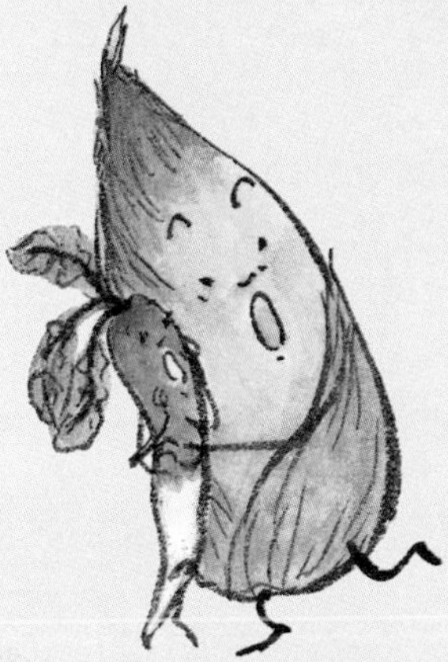

「喀嗞！」
蒟蒻怪一口咬住竹筍，
但竹筍只是
「啪搭！」一聲脫掉了身上的殼。
「喀嗞！」「啪搭！」
「喀嗞！」「啪搭！」
只要一被咬住，
竹筍就脫掉一層殼。

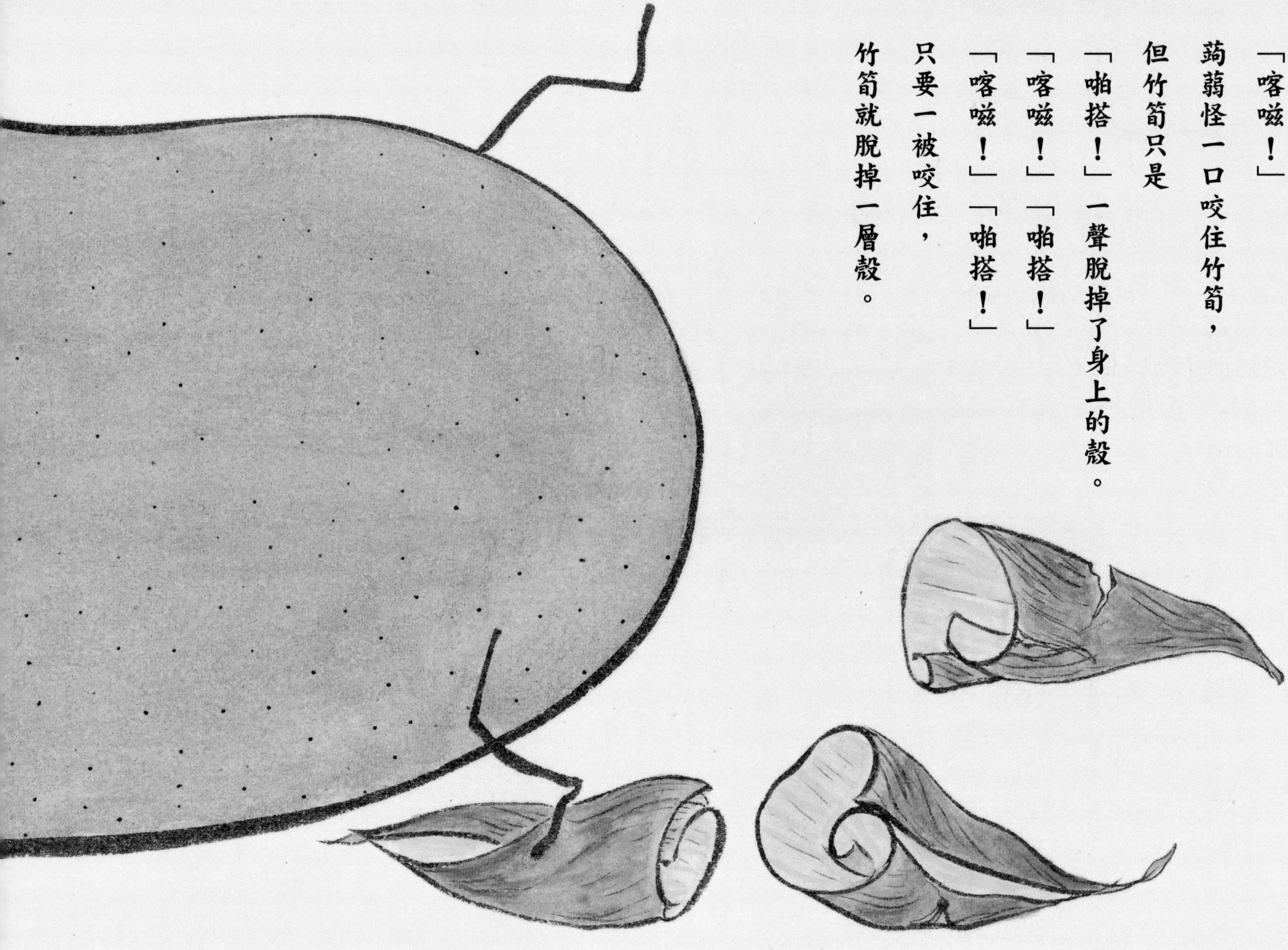

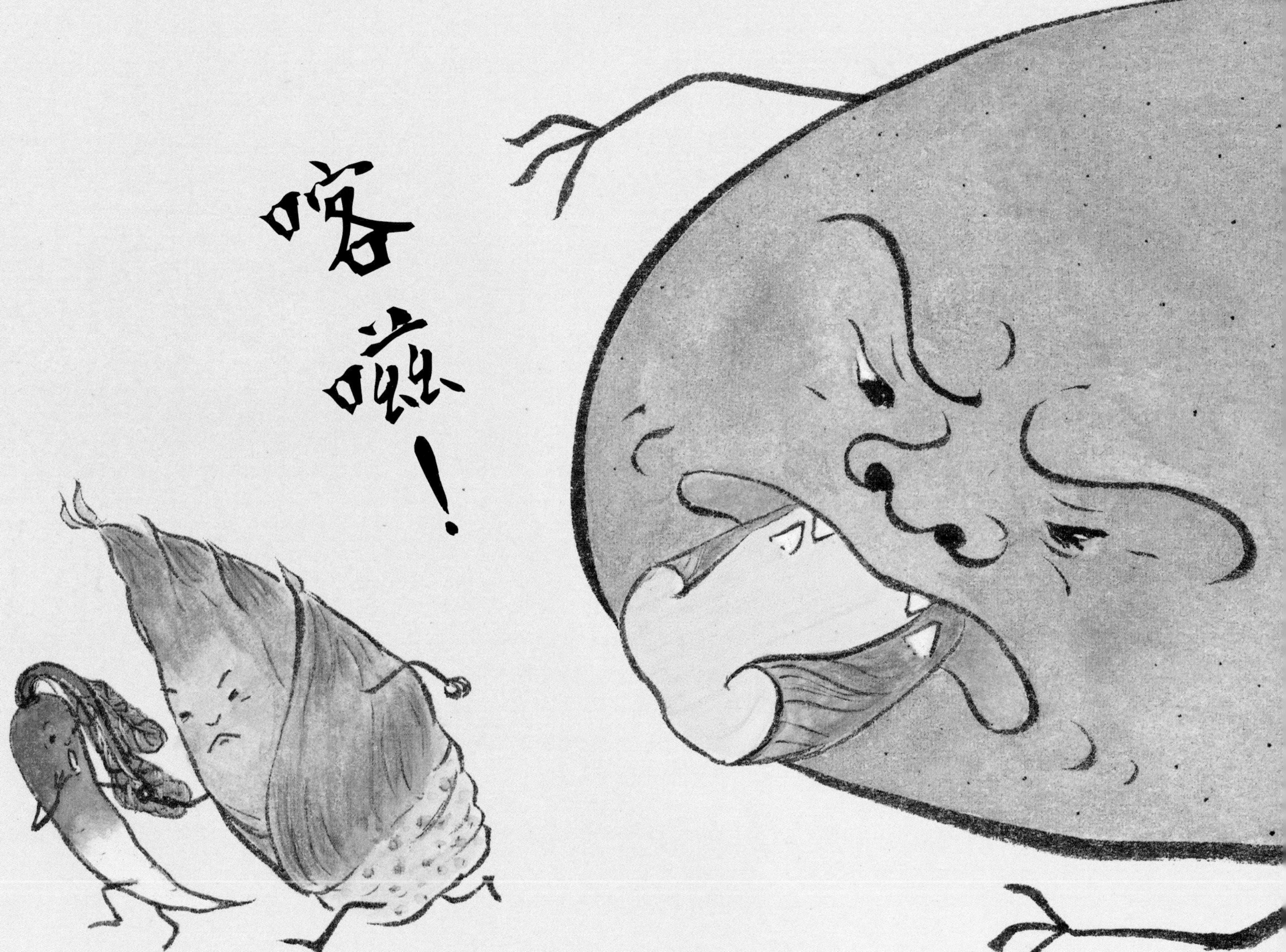
喀嗞！

最後，蒟蒻怪終於一動也不動了，
變成一團巨大的蒟蒻球。
竹筍帶著日野菜公主逃出了妖怪宅邸。

於是，
六位勇士帶著日野菜公主
和其他女孩們，
平安無事的回到了都城。

都城裡的居民都非常開心，
不斷稱頌著六勇士的智慧與勇氣。
真是可喜可賀！可喜可賀！

作者簡介

鶴田陽子（1965～2020）

1965年生，畢業於玉川大學文學部藝術學系。不拘泥於特定的技法，運用染織、版畫或立體造形呈現自己的世界。繪本作品有《豆子、木炭和稻草》、《白蘿蔔、紅蘿蔔和牛蒡》、《蔬菜和魚誰比較多》（以上為ASLAN書房出版）、《欸，抱抱》（佼成出版社）、《野狗》（大日本圖書）等。於雜誌《神奇的口袋》（福音館書店）發表的作品有《馬鈴薯阿丹》等系列。

蔬菜六勇士——改編自日本傳說故事〈酒吞童子〉

文·圖／鶴田陽子　譯／蘇懿禎

步步出版
社長兼總編輯／馮季眉　責任編輯／徐子茹　編輯／陳奕安　美術設計／陳俐君

讀書共和國出版集團
社長／郭重興　發行人／曾大福　業務平臺總經理／李雪麗　業務平臺副總經理／李復民
實體通路協理／林詩富　海外暨網路通路協理／張鑫峰　特販通路協理／陳綺瑩　印務協理／江域平　印務主任／李孟儒

出版／步步出版　發行／遠足文化事業股份有限公司　地址／231新北市新店區民權路108-2號9樓　電話／02-2218-1417　傳真／02-8667-1065
Email／service@bookrep.com.tw　網址／www.bookrep.com.tw　法律顧問／華洋國際專利商標事務所．蘇文生律師　印刷／中原造像股份有限公司
初版／2021年12月　初版二刷／2023年2月　定價／320元　書號／1BSI1075　ISBN／978-986-06895-4-9

SIX BRAVE VEGETABLES — Based On An Old Japanese Folktale “SHUTENDOJI”